Le Livre
de
Mélancolie

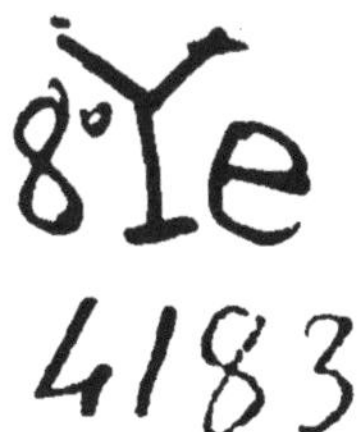

DU MÊME AUTEUR

Scuvenance. 1 vol.

Soulary et la Pléiade lyonnaise. . . . . 1 vol.

La Viole d'Amour. . . . . 1 vol.

Hellas. . . . . 1 vol.

La Terre provençale. . . . . 1 vol.

POUR PARAITRE PROCHAINEMENT

La Genèse du Félibrige, *histoire d'une renaissance.*

PAUL MARIÉTON

Le Livre de Mélancolie

PARIS
ALPHONSE LEMERRE, ÉDITEUR
23-31, PASSAGE CHOISEUL, 23-31
NEW-YORK, 1127 BROADWAY

M DCCC XCVI

SERVUS AMOR

D'OÙ VIENT CE SOUVENIR...

D'où vient ce souvenir? Elle était donc si belle?...
En dehors de ses yeux je n'en avais rien vu,
Je n'avais éprouvé qu'un frémissement d'aile,
Mais une ardeur subite, un désir inconnu
Se prenant à mon cœur qui ne voyait plus qu'elle
M'embrasa tout entier pour son corps ingénu.

Rien qu'à me rappeler sa voix frêle et charmante,
Maintenant que j'y songe et que je m'en souviens,
Oh! je sens défaillir ma chair qui se lamente!
Nous avions reconnu d'ineffables liens
Nous unir à jamais, pauvre petite amante,
Quand elle me disait : « Ami, je t'appartiens! »

Tout est mort désormais de ce qui fut notre âme.
Le rêve évanoui ne doit pas revenir.
Mon image pâlit dans son cœur qui me blâme...
Mais moi qui la chantais pour fuir son souvenir,
Que ferai-je, hanté par cette ombre de femme,
Si ces vers nés de moi ne peuvent pas mourir?

1887.

*
* *

La plaine, qui s'éveille, à la chute du jour,
De son grand sommeil de lumière,
Laisse monter à moi les rumeurs d'alentour
Dans leur limpidité première.

C'est un ébranlement de tous mes souvenirs
A ces sonorités lointaines :
Mes doux bonheurs défunts, mes mornes repentirs
Secouent leurs poussières hautaines.

La blessure immortelle, ô mon cœur, va s'ouvrir.
Je t'ignorais tant de racines!
Par elles du passé la voix va tressaillir...
Bénis tes souffrances divines!

Bénis la trahison des femmes, réponds-leur
Par ton orgueil, suprême artiste
Qui fait communier ton âme avec ton cœur,
Et bénis ta liberté triste!

---

*
* *

Je considérais des cendres d'étoiles,
Comme des vapeurs légères au vent,
Dans la sombre nuit, lentes, s'élevant
Plus souples, là-haut, que les plus fins voiles,

Quand je vis, au loin des horizons bleus,
Et tel qu'une fleur brillant dans la mousse,
Sous leur transparence idéale et douce,
Un astre plus clair scintiller aux cieux...

Évoquant soudain tous mes anciens rêves,
Tourbillon confus d'oiseaux envolés
Qui n'ont, en fuyant, de leurs pas ailés,
Empreint sur mon cœur que des traces brèves,

Je ne pus songer, ô ma chère amour,
Qu'à toi dont ma vie est pleine et s'éclaire...
Et, dans l'infini, l'astre solitaire
A ton souvenir s'unit sans retour.

NEIGE

ENGUIRLANDÉ de perles blanches,
Roide sous le givre éclatant,
Le chêne tisse entre ses branches
De vaporeux réseaux d'argent.

Le sapin, qu'alourdit la neige,
Incline à terre ses rameaux;
La houle des flocons l'assiège,
Semblable à l'écume des eaux.

Sous la vaste coupole grise
L'oiseau frileux suspend son vol...
Paix suprême qu'immobilise
L'aveuglante candeur du sol.

Par ce néant de la lumière,
Tous les bruits meurent étouffés,
Et dans le froid sourd ma paupière
Tient seule mes yeux réchauffés.

Trop de silence : je suis triste,
Et trop de clarté : je suis seul...
Vive l'ombre où l'être subsiste!
Cette blancheur est un linceul.

***

Hædera nascentem ornate poetam...

Si je n'ai pas rougi de livrer à la foule
Le doux mystère de mon cœur,
C'est pour avoir pensé : « Dans le temps qui s'écoule
Elle aura bu l'oubli vainqueur ;

« Elle m'a retiré la couronne de lierre
Dont elle reconnut ma foi
Quand de l'attendre encor j'écoutais sa prière
Avec son serment d'être à moi ;

« Elle aura laissé fuir, pour en souffrir à peine,
Ce pieux tourment de bonheur... »
Et, sans plus y songer, comme une chose vaine,
J'effeuillais l'arbre de mon cœur.

Mais je m'étais trompé. Pardonne, mon amie !
Je voudrais les brûler, ces vers...
J'ai retrouvé le temps où ton cœur fut ma vie,
Ton sourire mon univers.

---

* * *

Nous nous sommes aimés! chère et fidèle amie.
Bien des songes, depuis, ont passé sans retour.
La mémoire d'alors n'est pas même endormie :
Tout ne fut qu'accident auprès de notre amour.

Tu me retrouveras toujours comme ta vie,
Digne du sentiment qui nous unit un jour.
Mais ma soif est profonde, étant inassouvie,
De reposer mon rêve où Dieu fit son séjour.

Oh! l'heure où l'on aima, la seule heure qui reste!
Vainement nous pensons railler ce bien céleste,
Le temps qui l'a tué nous rend son souvenir.

O mémoire du cœur, ô la seule fidèle!
Un chant d'amour, quand tout s'enfuit à tire-d'aile,
Est le seul bruit humain qu'attende l'avenir.

VOIX DES CLOCHES

Les souvenirs d'amour, à la plainte des cloches
Se réveillant comme un parfum longtemps fermé,
Envahissent le cœur et gardent ses approches
Jusqu'à ce qu'il ait bien souffert d'avoir aimé.

Alors, il s'ouvre à tout, aux vains soucis d'une heure,
Comme aux ambitions qui pensent le tarir...
Il pourra sommeiller... Au fond, pourtant, demeure
L'amour ressuscité qui ne doit plus mourir.

Pour lui faire exhaler sa musique plaintive
S'il a suffi d'un son qui le vint ébranler,
Tout heurt prend à sa cendre une flamme furtive
Du foyer qu'elle avait jusque-là su voiler.

C'en est fait du repos, de l'orgueil égoïste...
Et, non désespéré, car il n'a pas de pleurs,
Mais courageux amant de sa volupté triste,
Le cœur, sensible et doux, recherche ses douleurs.

*
* *

Ah ! je voudrais pleurer, si je l'osais toujours,
Tant ce retour soudain m'est poignant d'amertume...
Ses yeux, dont je pensais avoir perdu coutume,
Font en moi refluer mes plus tristes amours.

Et de nouveau je songe à l'accent de ma peine,
Implorant son repos de l'Art libérateur...
Mais j'ai pris en dégoût cette musique vaine
Où murmurait pourtant ma vie et sa douleur.

Nulle amour ne s'en va tout entière de l'âme.
Le reproche des lieux, hélas ! est si puissant...
Et l'effroi de te perdre éveille en gémissant
Et ma tendresse ancienne et ma première flamme.

*
* *

DANS les mâts des vaisseaux, ce soir, la lune douce
A souri d'un front indulgent,
Et sur la mer où dort la fortune du mousse
A traîné ses cheveux d'argent.

Le clapotis de l'eau sur les carènes vides,
Furtif comme un tendre sanglot,
Sous les pleurs de Phœbé semble apaiser les rides
Du flot que balance le flot.

L'astre mélancolique a contemplé la terre
Du vain regard d'un triste sort,
Et dans sa cendre bleue a passé, solitaire,
Le spectre pâle de la Mort.

ELLE

Oh ! son front, son front calme et triste
Sous la cendre de ses cheveux,
Et dont la langueur égoïste
M'arracha mes premiers aveux !

Oh ! ses yeux, ses grands yeux candides
Où s'abîma sitôt mon cœur,
Aveugle à ses regards perfides,
Éclairs soudains de la douleur ;

Ses yeux bleus dont j'adorais l'âme,
Tandis que, raillant ma fierté,
Ils grisaient de leur tiède flamme
Mon sang jaloux de sa beauté !

Oh ! sa lèvre, sa rouge lèvre,
Mûre pour les baisers d'amour,
Toute frémissante de fièvre
Et d'indolence tour à tour !...

Pour y retrouver mon ivresse
Je n'avais qu'à te contempler,
Affolant sourire, caresse
Vibrante jusqu'à m'accabler.

Et quand j'avais posé ma bouche
Sur ce foyer d'ardent désir,
Comme en une étreinte farouche,
Je sentais mon âme mourir.

*
* *

Tu m'as tant fait souffrir! Lève mon amertume
Avec un de ces mots qui font tout pardonner.
Déjà je me souviens que dessous cette brume
Est un soleil d'amour qui peut m'illuminer.

Illusion du cœur qui veut croire quand même!
Sainte obstination qui survit aux douleurs!...
Je t'épouvante presque à crier que je t'aime;
Mais tu me vois sourire au travers de mes pleurs.

Car l'éternel désir, en son inquiétude,
Nous ramène sans cesse au paradis rêvé...
Femme, qui consolas ma morne solitude,
Le chemin de ton cœur, l'ai-je bien retrouvé?...

SON RIRE

Je lui disais : « Riez encore !
C'est une eau claire qui bruit,
Ce rire subtil et sonore
Comme une source dans ma nuit... »

Elle riait, la pauvre folle,
A belles dents, à pleine voix ;
Moi, sans trouver une parole,
J'étais soucieux chaque fois.

Elle en connaissait la puissance
De ce rire éveilleur d'amour,
Et sur toute âme sans défense
Elle l'éprouvait tour à tour.

J'écoutais, triste comédie !
Mais je le reconnus trop tard
Le rire de la perfidie,
Brillant et froid comme un poignard ;

Ce rire aigu, ce mauvais rire,
Sous l'éclat de ses diamants,
Qui sait fouiller jusqu'au délire
Le sein douloureux des amants.

Et de ce charme inséparable,
Esclave du rire trompeur,
Je souffris comme un misérable
Qui cherche où reposer son cœur;

Et lorsque usant enfin ma chaîne,
Que l'esprit retrouvant son cours,
Je lui fis grâce de ma haine...
L'impudente riait toujours.

---

*
* *

ILS ont, silencieux, confondu leurs haleines,
Elle folle amoureuse, et lui grave, songeur,
Se jurant à chacun des fidélités vaines,
Dont elle seule attend désormais le bonheur.

Quand il eut pardonné des trahisons certaines,
Elle fut toute à lui — qui lui ferma son cœur...
Et c'est toujours ainsi des promesses humaines :
Rares sont deux serments dont l'un n'est pas menteur.

A quel affreux remords l'habitude les damne!
Prenant pour le repos l'amour que Dieu condamne,
Ils se seront aimés et trahis tour à tour.

O malheureux amants, quel supplice est le vôtre!
Car, tant qu'un souvenir vivra chez l'un ou l'autre,
Vous traînerez tous deux la chaîne de l'amour.

———

TZIGANES

O musique! Clef d'or des horizons du rêve,
Arc triomphal de joie et de douleur,
Étendard de gloire où le vent soulève
Des éclairs de glaive
Et des sourires de fleur.
Suave et cruelle amie, ô sirène!
J'abandonne mes sens à ton rythme enchanté :
J'étais borné dans ma souffrance humaine,
Et tu m'ouvres l'illimité!
Humilie, exalte mon être,
Saccade en lui tous tes frissons;
Du vain orgueil qui me pénètre
Réduis les larmes en chansons!
Et secoue encor, furieuse,
Puisque l'ivresse n'a qu'un jour,
Toute la harpe harmonieuse
De mon âme et de mon amour!

Car rien ne vaut, chère, ô chère musique,
Devant l'ironique espoir du néant,
La soif d'aimer, suprême, nostalgique,
Qu'en nous précipite un archet magique
Qui glace et brûle notre sang.
Et puisque bien froids sous les folles herbes
Dormiront nos corps, sourds aux bruits humains,
Nous sommes pleins de songes et de verbes,
Déchaînés, frémissants, divins!

Toi qui mets un rayon de fierté dans nos yeux,
Rayon d'amour aux yeux des femmes,
Qui fais monter l'enfer à la porte des cieux,
Pour mêler une heure les âmes,
Sauvage messager de féroce beauté,
Flamme et torrent de lointaine harmonie,
Éclair de sang, volcan de lumière, agonie
De langueur et de volupté!
Prends-le sur ton aile effrénée et douce,
Emporte-le loin des laideurs du jour,
Mais assoupis-le sans secousse,
Notre mélancolique amour!

*
* *

DANS la plaine sourde aux rivières closes,
L'arbre dépouillé tend ses bras en croix.
Le soleil couchant fait les neiges roses,
Lange et linceul purs jetés sur les choses
Qui semblent mourir et naître à la fois.

Tout naît, rien ne meurt sur la bonne terre.
Son foyer vivant est toujours comblé,
Qui, pour la moisson de l'été prospère,
Sous les blancs frimas réchauffe et resserre
Le sang de la rose et du grain de blé.

Ainsi de mon cœur : l'illusion morte,
Fantôme glacé, revient l'assaillir;
L'hiver qui l'amène aussi le remporte,
N'ayant de l'Espoir su fermer la porte
Aux jours printaniers, au jeune Avenir.

*
* *

A Josèphin Soulary.

Vous savez mettre un baume aux blessures d'amour,
Vous dont la voix s'éclaire au vin de poésie,
Ami, qu'un généreux pouvoir fait tour à tour
S'enivrer à la coupe et passer l'ambroisie.

Que le secours est fort qui vient de votre main,
Que le sourire est doux qui part de votre lèvre!
Vous ranimez d'espoir qui crut souffrir en vain,
Vous savez assoupir l'amour dont rien ne sèvre.

Mais vous avez compris qu'à tant d'autres pareil,
J'épuiserais ma force au tourment de la femme :
Voici que m'éveillant d'un trop lâche sommeil,
Des cendres de mon cœur vous délivrez la flamme.

Et recouvrant l'orgueil, lucide Inspirateur,
Invoquant après vous la Lyre souveraine,
J'ai repris le chemin de l'Art consolateur.
— A vous mon premier chant, grand cœur, âme sereine!

*
* *

Dans la fraîcheur du soir où l'air est si limpide,
Enfant, je confiais mon rêve et mon secret
Au champ silencieux des astres, qui s'ouvrait
Comme un jardin d'amour à mon âme candide.

Et mon cœur, en ses vœux, du Beau suprême instruit,
Quand le doux clair de lune enveloppe d'un songe
La forêt frémissante au baiser de la nuit,
Buvait l'éternité dans ce divin mensonge.

Maintenant, l'Étendue où gravite le chœur
Mystérieux et lent des sphères éternelles,
Fascine en vain mes yeux sans émouvoir mon cœur.

Si de froides clartés pénètrent mes prunelles,
Leur foyer, mon désir, s'est éteint sans retour,
— Et mon amour est mort, mon fier et jeune amour.

ÉPIGRAMMES

A Gabriel Hanotaux.

ÉROS

L'AMOUR qui naît d'un choix meurt de son habitude.
La beauté trop connue est-ce encor la beauté?...
Seul, ton désir d'aimer, qui vit d'inquiétude,
Te garde, ô triste cœur, l'âme et l'éternité.

LIBER

Plus que l'homme sûr, un livre est une âme.
Du désir morose aisément vainqueur,
Compagnon muet, plus sûr que la femme,
Éloquent toujours, un livre est un cœur.

CONSEIL

Unis ton âme au verbe évocateur des choses,
D'un rythme bref, et sache encore l'abréger;
Mais qu'en dure le chant! tel un écho léger
Qui trahit les liens de l'effet et des causes.

MEMORIA

Voluptueux écho des douleurs qu'on oublie,
O frère vigilant de l'espoir endormi,
Souvenir, c'est en toi que la mélancolie
Recherche son unique ami.

VOIX DES MORTS

Que le conseil des morts au doux visage blême
Dans la beauté d'un jour sait nous humilier,
Qui fait sur son néant l'orgueil se replier!

S'attendrir sur les morts c'est pleurer sur soi-même;
Les implorer, c'est s'obstiner à ce qu'on aime...
Prier pour eux, c'est s'oublier!

RÉSIGNATION

Femme, Elément rythmique et trouble et transparent,
Où l'inquiet Éros vogue vers le mystère,
Les beautés d'inconnu dont mon cœur soupirant
Rêvait pour s'affranchir des laideurs de la terre,
Ont peuplé tant de fois ta rive délétère,
Que je bénis encor d'un songe solitaire
Le naufrage attendu de mon désir mourant.

VIOLANTE

Sous son béret de velours noir
Incliné vers sa tempe rose,
Dans ses yeux purs comme un miroir
Un sourire infini repose.

Elle est fine et blonde, et beaucoup
Soupirent pour la nonchalante;
Elle est pâle et tendre, et son cou,
Penché comme une fleur dolente

Sur le bleu mystère de l'eau
S'alanguissant au clair de lune,
Vous fait rêver d'un Tiepolo
Que réfléchirait la lagune.

A des grandeurs qui ne sont plus
Gardant sa fierté résignée,
Elle songe aux temps révolus,
Aux six doges de sa lignée

Qui dorment sous la majesté
D'un pouvoir que l'Art divinise,
Survivants pour l'éternité
Dans les panthéons de Venise.

D'un doux rayon, quand je la vois,
S'éclaire pour moi l'heure brève;
Je reste hanté chaque fois
Par ses beaux yeux pleins de son rêve.

Et mon esprit, qui va cherchant
Des jours défunts toute relique,
Goûte un reflet de ce couchant
Dans sa grâce mélancolique.

Venise, 1890.

GIACINTA

OH ! dites-moi pourquoi si triste
Est le doux regard de ses yeux,
Et pourquoi leur pure améthyste
Porte le deuil de tant d'aveux...

Ne se trouva-t-il pas une âme
Assez digne du cher honneur
De nourrir cette ardente flamme
Du baume odorant de son cœur ?...

Sur ses traits lassés de la vie
Et pourtant désireux d'amour,
Une espérance inassouvie
Sourit et pleure tour à tour.

Chaque soir, lourd comme une année,
Grossit sa plainte d'un soupir...
Verra-t-on cette fleur fanée
Sans avoir pu s'épanouir ?

∴

Sur le palais des chanceliers romains,
Cygne royal noble parmi les cygnes,
Où de Bramante ont frissonné les mains,
Le Style, clair, ruisselle à pures lignes.

Mais dans la cour de l'altier monument
Bramante a mis son âme exquise et fière,
Et le regard savoure lentement
Tout le poème attique de la pierre.

Ainsi de nous. En éclatant au jour
Si la beauté valut nos sacrifices,
L'intimité du cœur garde à l'amour
L'asile heureux des meilleures délices.

———

SOIR D'ITALIE

PAR un soir d'Avril, à Pise la morte,
Le ciel bleu baignant les temples rêveurs,
Parmi les foins coupés lourds de tiges de fleurs
Sous les chauds parfums que la brise emporte,
Comme un vol de désirs inconscients et doux
Tourbillonnaient les lucioles.
Et je pleurais, assis dans l'herbe, à ses genoux,
Et la nuit buvait nos paroles :
« *Addio, amico mio!* — Adieu, ma chère amour!
Le monde nous reprend dans ses raisons cruelles.
Un jour aura suffi pour nous connaître, un jour
Pour égarer sans fin nos âmes éternelles.
— Pourquoi s'aimer tant et déjà se fuir?
Qu'est-ce qu'un bonheur condamné d'avance?... »
Nous regardions la nuit sereine approfondir
Les quatre monuments qu'emplissait le silence,

Groupés en même lieu (symbole de ton sort,
Pauvre amour, pauvre humaine histoire!) :
Le temple du Baptême et la Maison de gloire,
Et la Tour qui chancelle, et le Champ de la mort...

Avril, 1890.

PIUS AMOR

RENOUVEAU

Je croyais, dans ma folle envie,
Que l'orgueil et la volonté,
Pour n'être épris que de la vie
Et des formes de la beauté,
Accordaient au cœur égoïste
La paix suprême, qui résiste
Au sentiment empoisonneur,
Et dans ce triomphe d'artiste
Je mettais un lâche bonheur.

Mais le temps fait le cœur bien vide,
Les jours solitaires bien longs;
L'amour puissant demeure avide
Des forces que nous lui volons...
C'est toujours toi, fatale ivresse,
Haïssable et douce maîtresse
Par qui mes maux vont refleurir!
Ah! frappe encore, enchanteresse,
Je mourrais de ne plus souffrir.

---

*
* *

O noble nuit qui exaltes l'amour,
O radieuse épouse du silence,
O chemin clair des astres, ô séjour
De chaste désir, de fraîche espérance!

Paix secourable et prompte à mon cœur aux abois,
O bienfaisante nuit, qui surgis de la brune
Pour assoupir l'ardent frisson des bois
Sous la cendre du clair de lune,

Salut à toi, foyer, lumière, apaisement!
O nuit qui rajeunis le regard des étoiles!
Qui dans ces doux yeux du blond firmament,
Par delà le mystère où l'azur tend ses voiles,
Trahis en pleurs de diamant
La tendre charité de l'Infini clément!

Salut, bonté proche et lointaine
Dont le pur manteau d'ombre apporte aussi le Jour,
Salut, nuit sainte, nuit sereine,
Qui dans ton rêve bleu, là-bas, berces la plaine,
Qui fais d'or le cyprès et d'argent la fontaine,
Et d'éternité mon amour!

---

*
* *

Je l'ai rencontrée, un soir, toute franche,
Simple et divine avec la grâce au fond des yeux,
Dans le cercle étoilé d'un luth harmonieux,
Où sa gracile forme blanche
Errait confusément parmi le chœur pieux
Des femmes, — plus fuyant, plus souple que l'eau même, —
Qu'attirait jusqu'à lui l'aimant mélodieux,
D'un chant, tout à coup vengeur et suprême,
Où d'un peuple vaincu pleurait la liberté.
Et comme on voit aux soirs d'été
Les papillons vains courir à la flamme,
Le trouble qui rôde au cœur de la femme
La portait vibrante à cette clarté!

Dans le bruit où se meurt une hymne qui s'achève,
Au trouble qui l'agitait là
Je l'arrachai, d'une parole brève.
Elle sourit, elle parla...

Que me dit-elle ? ah ! je compris déjà
Que j'allais en faire mon rêve !
Longtemps ainsi nous restâmes tous deux.
Sa voix comme un lys pur élevait dans mon âme
Le blond parfum de son corps onduleux ;
Tout son être béni, qui de douleur enflamme
Mon souvenir loin de ses yeux,
Chastement achevait sa docile conquête.
Et mon cœur frissonnant de l'espoir des élus
Criait en mes regards, en ma voix inquiète :
« Arrête, ô jeune fille, arrête !
Car peut-être jamais ne te verrai-je plus !... »

Soudain, dans son adieu, je crus lire un refus...
Et c'était pour toujours !... Emportant ses paroles,
Le cœur lourd et l'esprit confus,
Je sortis t'implorant, douce nuit qui consoles,
Ivre à jamais de tant d'espoirs perdus...

---

*
* *

REVENIR sans cesse aux moindres paroles
De la bien-aimée, et s'en prévaloir
Pour soutenir son rêve et peupler son espoir,
Des plus graves et des plus folles;
Ne confier son nom qu'à l'ombre de la nuit
Et le répéter, solitaire,
Et s'entourer du charme tutélaire,
Et l'invoquer comme un appui;
S'imaginer ses traits et nimber son visage
Dans le lointain du souvenir,
Et parfois, aux moments où faiblit le courage,
Souhaiter que sa grâce un jour puisse finir;
S'obstiner à la voir moins belle
Et triompher amèrement
Dans sa vengeance et son tourment;

Mais s'accusant bientôt d'humilité rebelle,
Du fleuve enchanté reprendre le cours...
Dans l'illusion même, ah! souffrance éternelle!
Ah! toujours trembler et douter toujours...
C'est toute ma vie et tous mes amours.

*
* *

« Quel poète, ô amant, peut faire revivre ton idole devant toi avec autant de vérité que le peintre ? »

LÉONARD DE VINCI.

Toi qui pus contempler, quatre ans, Mona Lisa,
Mortelle image en qui le rêve de vos âmes,
Selon ton souverain loisir, s'éternisa,
O calme Léonard, doux confesseur des femmes,
Modérateur puissant des grâces de la chair,
Oiseleur des rayons, magicien des ombres,
Qui de ton art serein où palpite l'éther
Fais jaillir en splendeur la lumière des nombres,
Tu fus maître vraiment de l'idéal élu !

Mais le poète passe et, rougissant, regarde
La forme bien-aimée en qui son cœur a lu
L'infini des désirs que la beauté lui garde.
D'abord elle a souri; mais comme il tremble au seuil,

L'idole se détourne, et le monde s'offense
D'un trouble impérieux qui cache tant d'orgueil.
Ah! pouvoir contempler, dans la paix du silence,
Ce visage adoré! méditer sur ces yeux
Proches comme la mort, lointains comme les cieux!
Songer à ton baiser, ô lèvre diaphane!...
— Le regard du poète est réputé profane
Qui se permet le rêve et dont la fiction
Naît au verbe plutôt qu'à la matière inerte...
Le regard du poète est plein d'embûches, certe!
Et ses yeux n'ont pas droit à l'adoration!...

---

*
* *

QUAND j'ai lutté contre l'envie
Qui se déchaîne à mon entour,
Sous des brisants de calomnie
Cachant sa froide perfidie,
Et que voici la fin du jour,
— Comme un horizon d'espérance
A qui crut la nuit sans retour,
Ton visage est ma récompense,
Et mon âme aborde en silence
A ce doux refuge d'amour.

*
* *

O bien-aimée!
Mon cœur se fond rien qu'à penser à toi.
— Pourquoi m'es-tu si chère, ô chère bien-aimée? —
De suave amour et de foi
Mon cœur est ivre et mon âme enflammée,
Rien qu'à me rappeler ton pardon triomphant,
Frais comme après l'orage un ruisseau sur la mousse.
Quand tu m'as dit, ô souveraine enfant,
De tes yeux bons et de ta lèvre douce,
De ta voix d'argent et de miel :
« Sans rancune, voyons! la paix vous soit rendue, »
Oh! comme j'ai baisé ta chère main tendue,
De tout mon cœur plein de ton ciel.

*
* *

D'UN emportement menacées,
Ma honte se dissipe et ma fureur se rend,
Et tout mon sang-froid se reprend
Au tourbillon de mes pensées.
Mais de ce vain orage affolant et moqueur
Un mot méchant me reste, un seul mot venu d'elle,
Qui s'attache à mon cœur fidèle,
Qui veut empoisonner mon cœur.
— Hélas! que t'ai-je fait, pour une indifférence,
Oh! pire que la haine et proche du mépris?
Quel me crois-tu, quelle âme et quelle conscience
Et quel abime en mes esprits,
Si ma lèvre ironique en ses douleurs sincères
Pour le monde méchant sourit de ses amours...
Mais la pauvre âme ardente aux visages contraires,
Pourquoi la tant juger indigne de secours?

Comprends-tu pas que l'insensée
Couvre l'orgueil de son espoir
Des trahisons de sa pensée?...
Ah! regarde mes yeux, humide et clair miroir!
Mon vrai cœur est à toi, mon cœur mélancolique,
Toujours voilé, mais toujours franc,
Ma nature aimante et mystique
Où bouillonne, hélas! tout mon sang.

———

*
* *

Ame au tendre parfum, petite âme sincère,
Dernier rêve clément que mon rêve attendit,
Un mot d'amour, un seul, eût guéri ma misère :
Vous ne l'avez pas dit...

Amie au cœur charmant, n'en doutez plus, de grâce!
Tout l'esprit de mon cœur n'est rien qu'humilité.
Si l'orgueilleux désir souffre, torture et passe,
Humilité d'amour dit Joie et Charité.

Que chercherai-je, ainsi, dont votre âme s'étonne
Pour traduire un espoir où Dieu mit la douleur?...
Souffle obscur de la nuit, ma voix est monotone :
Je ne vous dirai rien qui ne soit dans mon cœur.

Hélas! il est profond, mais vous l'emplissez toute,
Comme l'azur des flots la coupe de la mer,
O mobile sirène, ô chant pur que j'écoute,
Sourire fascinant du gouffre, cœur amer!

LITANIE

Vos doigts me sont doux
Comme les pétales
Des fleurs virginales
Qui germent en vous;

Votre âme sans voile
Me semble en vos yeux
Découler des cieux
Comme un chant d'étoile;

Sous ce beau teint blanc,
Dans ce port gracile,
Je vous sens fragile
Comme un lys tremblant;

Mais ton cœur farouche,
Au sourire clair,
Comme un fruit amer
M'attend sur ta bouche.

*
* *

POURQUOI, dis-moi, pourquoi
Tant m'humilier, décevante amie,
Quand tu me sais naïf et honteux devant toi...
O chère maîtresse ennemie,
Qui prenant ma pensée as pris plus que ma vie,
Dis-moi comment, dis-moi,
Je pourrai te haïr en te gardant ma foi
Pure, immortelle, inassouvie?...

Mais je te sais trop femme entre toutes les femmes
Pour n'aimer pas jusqu'au tourment
Cet orgueilleux plaisir de tourmenter nos âmes
Dès qu'y monte un droit sentiment.

Je ne t'en sais pas moins, comme les plus amères,
Au dévoûment prête à courir,
Tant cet instinct sacré dont vit le cœur des mères
Est l'art profond de conquérir.

Alors, méchante enfant, bonne consolatrice,
Si j'ai subi ta dure loi,
Ta loi douce aujourd'hui peut finir mon supplice :
Voici ton heure, sauve-moi !

*
* *

QUAND tu verras celle que j'aime,
Toi qui la vois sans soupirer,
Ah! dis-lui ma douleur suprême
De trop longtemps désespérer.

Pour te trouver l'air inquiet
Et se juger ainsi cruelle,
Si par hasard elle riait,
Dis-lui que je suis mort pour elle.

Mais si, dupe de ton mensonge,
Son cœur à ces mots s'entr'ouvrait,
Vite dis-lui que c'est un songe,
— Si par hasard elle pleurait.

⁂

O vous en qui mon âme espère,
O suave et gracile enfant,
Vous dont l'art naïf est de plaire
Et qui me voudrez triomphant,

Un souci fait ma joie austère
Et mon triomphe décevant :
Qu'un autre également sincère
Vous ait chérie auparavant,

Et vous l'ait dit mieux que moi-même
Pour avoir plus longtemps souffert
Sans réaliser son poème...

Son amour n'est plus; je vous aime!
Si vous songez à son enfer,
Laissez-moi mon espoir suprême!

*
* *

La lune pleine aux cieux rayonne.
Alleluia! qui veut mon cœur?
Mon cœur frémit, s'ouvre et se donne,
Ivre d'orgueil et de splendeur.

Sur les prés blancs, des cieux limpides
Coule une averse d'argent pur.
Mon cœur est fou, mes yeux humides;
Je communie avec l'azur!

Dans son attente solitaire
Mon désir croît sans s'épuiser,
Et tous les amours de la terre
Ne parviendraient à l'apaiser.

A l'infini qui me pénètre
J'ai reconnu l'éternité...
Le seul amour reste son maître
Qui met en Dieu sa liberté!

⁂

Tout mon bonheur voguait sur les flots de tes yeux.
Vers un espoir encor mystérieux,
Lente, cinglait ma pauvre voile.
Voici que ta bonté, mon tendre ciel, se voile;
Que je perds mon pilote à ton sourire amer,
Et ma barque s'en va sans guide et sans étoile,
Jouet de l'insondable mer.

*
* *

Elle dissimulait à mes yeux quelque chose.
« Que me cachez-vous là ? demandai-je ; un portrait ?
— N'y touchez pas ! fit-elle. — Oh ! montrez-moi ? Je n'ose
Vous laisser craindre ainsi qu'on le jalouserait... »

Or c'était un miroir. Elle alors, fraîche et rose,
Le pencha sous mon front : « Bien plutôt, ce serait
L'être que vous aimez le mieux, vilain morose ! »
Je l'inclinai vers elle et je lui dis : « C'est vrai. »

*
* *

DOUCE liane, balancée
Aux premiers souffles de l'amour,
Ta grâce habite ma pensée ;

Tu portes les couleurs du jour ;
Ta fraîcheur à son léger charme
A pris mon âme sans retour.

Vainement ma volonté s'arme
Contre un sortilège trompeur :
Ton parfum m'arrache une larme,

Car il habite et tient mon cœur.

*
* *

Vos prunelles d'enfant ressemblent à deux anges
Accoudés en silence au balcon de vos yeux
Et sans cesse épiant, graves, mystérieux,
Vos lèvres, nid chantant de frivoles mésanges.

Chère âme, c'est entre eux que s'agite mon sort.
Du caressant regard au sceptique sourire,
Tout ce que l'ironie à la bonté soupire,
Mon cœur veut le chercher en vous jusqu'à la mort.

*
* *

Je t'aime tant, ma bien-aimée,
Tant et tant que, si je mourais,
Dans ma dépouille inanimée
A ta voix je tressaillerais,
Qu'à te sentir pleurer toi-même,
Endormi, je sangloterais,
Que t'inclinant sur mon front blême
D'un baiser tu m'éveillerais,
Qu'ouvrant les yeux je sourirais,
Et que je ressusciterais!

*
* *

L'AMOUR fait entre nous sa muette prière.
De ton sublime instinct qui t'approche de Dieu
Aux claires volontés de ma pensée altière,
C'est la Voix qui s'appelle et s'écoute en tout lieu.

Si je retrouve en toi l'image de mon rêve
Et si tu peux m'aimer sans mentir à tes vœux,
L'éternel vit en nous ! L'heure humaine est trop brève
Pour plier notre ardent silence à des aveux.

Car tu sens mieux que moi les abîmes de l'âme,
Toi qu'aux réalités blessent tes yeux hagards ;
Et j'ai soumis les miens à pressentir, ô femme !
L'infini de l'amour au fond de tes regards.

---

*
* *

O doussa res!...

Doux objet, mon amie, ah! vous m'êtes plus chère
Quand je songe à la fuite éternelle de tout...
Pour sentir votre amour sur ma vie éphémère,
Aux tristes vanités dont s'agite la terre,
Dans la paix de vos yeux, mon esprit se résout.

Et puisqu'une Énergie immuable et divine
Me fait participer, au sein de l'Infini,
Du rythme universel où tout prend origine,
Laissant communier le feu de ma poitrine
Au grand foyer d'amour de tant d'amours béni,

Serrons bien nos effrois devant le grand mystère;
Dans les bras l'un de l'autre unissons nos tourments;
Sur nos lèvres puisons le vin qui désaltère,
La tendresse tremblante, aux plus forts salutaire;
Aimons-nous pour fixer l'irréparable Temps.

Et calmes, que la mort asservisse ou délivre,
Pour goûter, sans attendre, à notre liberté,
Devant cet Inconnu dont l'Espérance est ivre,
Puisque aimer c'est vouloir, et que vouloir c'est vivre,
S'il s'appelle Néant, créons l'Éternité!

*
* *

Si l'absence est mortelle aux fidélités sombres,
Quand sur la candeur d'un premier azur
La morne jalousie a fait flotter ses ombres,
Elle est salutaire au cœur humble et pur.

Et je la bénirai, quoiqu'il m'en coûte,
Chère, si pour nous désunir
Elle me garde vraiment toute
L'âme qui doit m'appartenir.

Déjà je te vois mieux, ma fiancée;
Ta beauté m'apparaît plus belle encor
Au firmament de ma pensée,
Que parmi le terrestre et fragile décor
Pour qui s'humiliait ma tendresse blessée.

Et ton charme mystérieux
Par delà l'infini dégagé de ses voiles
Se livre sans nuage à mon désir pieux,
Dans ce lointain silencieux
Qui fait scintiller les étoiles!

PLATONISME

AMOUR, fais-toi chrétien, sinon tu cesses d'être...
Près de ces chastes yeux, miroir d'éternité,
Au delà du désir m'entraînes-tu, mon maître,
Qui m'as fait si longtemps servir la Pureté
D'un culte que l'honneur réserve à la Beauté ?

Songe au divin banquet du doux Voyant d'Athènes
Où la Mégarienne, en ses prudents discours,
A Laure, à Beatrix, ombres encor lointaines,
De l'orgueilleuse chair enseignant les retours,
Révélait l'Idéal qui fleurira toujours.

Et vous, soutenez-moi de votre auguste exemple,
Princes de Courtoisie, ô Poètes élus,
O fidèles d'Amour et gardiens de son temple,
Qui chantiez votre espoir sans lui demander plus
Que la vertu d'aimer qui croit et qui contemple.

Sainte vertu, droit au bonheur,
Etoile de salut dans la nuit de douleur
Où l'âme errante est prisonnière,
Comme il faut regretter ta pudique lumière,
Quand, se retournant en arrière,
On retrouve là-bas le passé de son cœur
Dans sa fraîche beauté première!...

Mais triste qui n'a pas un idéal vivant,
Compagnon de sa rêverie,
Phare d'amour à l'horizon mouvant
Du trouble océan de la vie.

Pèlerin d'un jour lassé dès le soir,
Malheureux le cœur sans attente,
Ignorant l'orgueil d'un austère espoir,
Les fiertés d'une âme constante.

— Ame blonde, éclatant parfum, sourire pur
Épanoui comme la rose,
Bon regard pénétrant, doré comme un fruit mûr,
Mon cœur malade en vous repose.

J'ai bien souffert de vous, vous qui fûtes ma chaîne!
Mais par le charme où vit mon souvenir,
Je me sens d'autant plus consolé dans ma peine
Que j'y veux puiser ma joie à venir.

Je ne demande rien que le droit à mon rêve.
Entendez mon désir silencieux
Et ne repoussez pas, l'heure humaine est si brève!
Le baiser de mon âme et l'espoir de mes yeux.

Qu'ai-je imploré de vous? L'amour d'adolescence,
L'amour naïf et pur, sans voix, sans volupté,
Pour qui le bonheur est dans la présence,
La beauté dans la grâce et la simplicité.

Restez cet idéal! Vous en tueriez l'image
A faire mon désir satisfait et jaloux.
Je vous perdrais, ma Muse au doux visage,
En perdant le mystère à qui j'aspire en vous.

Sa forme fugitive, hélas! trahirait-elle
  Le radieux aliment de mon cœur?...
Salut, ma chère amour, fiancée immortelle!
C'est ton Être absolu qui garde mon bonheur.

*
* *

La nuit, qui ravivait autrefois ma souffrance,
  Me fait maintenant presque consolé,
  Rendant à mon cœur si las, si troublé,
La pure solitude aux ailes de silence.

A pas subtils et lents, gracile majesté!
Vient d'apparaître en moi ton image sereine
  Et, libre enfin de sa misère humaine,
      L'éternité de ta beauté.

  Mais la tendresse en ton regard scintille
  Aussi clairement qu'aux lueurs du jour,
  Car, pour ne m'être plus que pur amour,
  Tu n'en restes pas moins ma jeune fille.

  Alors, les yeux clos pour t'adorer mieux,
  L'absence à mon âme entr'ouvrant ses voiles,
      Sous la caresse des étoiles
  Je crois m'endormir en baisant tes yeux.

ÉVOCATION

Mai non t'appresentò natura ed arte
Piacer, quanto le belle membre in ch'io
Rinchiusa fui...

Purgat., XXXI.

I

TELLE était Béatrice en sa beauté céleste
Sur qui Dante aura fait tant d'amoureux pleurer;
Rien qu'à l'apercevoir on se sentait modeste,
On ne rencontrait pas ses yeux sans soupirer.

Son front patricien rayonnait de sa grâce;
Aux mouvements légers de son corps onduleux
On devinait son âme, ainsi que dans l'espace
L'étoile se trahit sous un ciel nébuleux.

D'humilité vêtue et d'amour couronnée,
Elle allait, inondant les cœurs comme un soleil,
Aube fraîche annonçant la blonde matinée
Qui bercera l'époux d'un songe sans réveil.

Telle était Béatrice, ô chère Béatrice
Qui possédez tout d'elle, hormis l'humilité;
Vous que de mes désirs Dieu fit impératrice,
Je vis sous votre loi, comme un déshérité.

Comment vous mieux servir? Vous dédaignez peut-être
Cet abandon de moi que n'a su renfermer
L'orgueil présomptueux où je voyais mon maître...
Mais si Dieu me punit, c'est de trop vous aimer!

II

Epargne-moi, chère âme, et de t'avoir suivie
Plains-moi! J'ai beau sentir que sous ton front moqueur
Le miel de ton regard empoisonne ma vie:
Tout ce qui n'est pas toi n'est plus rien dans mon cœur.

J'ai l'ardent souvenir de ton buste gracile
Et de ta tête blonde aux douceurs de froment,
De tes yeux couleur d'algue et du charme fragile
Qui s'exhalait aux plis de ton clair vêtement.

Mais l'orgueil calme tout! Salut, sombre espérance!...
Hélas! si chaque fois que tu m'as fait pleurer
J'ai versé dans mes chants l'âme de ma souffrance,
J'ai trop souffert de toi pour ne pas t'adorer.

---

*
* *

A travers les bouleaux, ce soir, la lune fée
Folâtrait sous son manteau blanc,
Et ses nymphes jouaient, la tête décoiffée,
Silencieuses, sur l'étang.

Elle communiquait un frémissement d'aise
Au tendre feuillage d'avril;
Ses compagnes sur l'eau que la nuit douce apaise
Agitaient un brouillard subtil...

Et l'heure était sereine, et la nature entière,
Surprise par l'enchantement,
Si loin du jour brutal oubliait sa lumière,
Comme mon âme son tourment.

CANDOR

Neige ardente de l'âme indécise des vierges,
Liliale ferveur de cœurs adolescents,
Hésitante lueur de cierges
Aux feux endormis, langoureux d'encens;

Fleur tremblante qui dans l'aube fraîche scintilles
Sous la rosée où se reflète l'univers,
Sainte candeur des jeunes filles,
Reine des forts, victorieuse des pervers;

Pureté, sublime ignorance,
Source de lumineux savoir,
Éveil de toute connaissance,
Tabernacle de tout espoir,

Je vous dois l'oubli des mensonges
D'où la vertu s'offense à la réalité,
L'austère bonheur de mes plus doux songes,
Et toi, mon amour, ta chère beauté!

Comme ivre du parfum qu'en spirale gracile,
Discrètement, dans la lenteur du soir
Exhalerait une amphore d'argile,
De ta blanche poitrine, adorable encensoir,
D'où s'élève ta grâce odorante et fragile,
Mon cœur a fait son reposoir.

Je t'aime et te vénère, ô ma béatitude,
O premier idéal de mon jeune avenir
A qui mon âge fort dresse sa gratitude
Comme un autel du souvenir!

Toi qui purifias mon beau désir novice
Par la sérénité de ta pudeur,
Je te bénis, ô Béatrice,
Pour le baume d'amour chaste et consolateur
Que tu daignas répandre en sacrifice
Sur le feu nouveau de mon cœur.

*
* *

POURQUOI brûler mes jours, Chère, à vous adorer,
Quand tout en vous me défend d'espérer?
Ne tromperai-je point la soif inassouvie
Dont j'aspire après vous du meilleur de ma vie?
Image de mon rêve, ineffable beauté,
Toujours poursuivie et toujours fuyante,
Quand même j'oserais, ô forme souriante!
Loin de vos tendres yeux chercher ma liberté,
Pourrais-je séparer mon âme impénitente
Du clair fantôme qui la hante
Comme un compagnon d'immortalité?...
Non! Chacun de vos traits m'attire et me pénètre,
Et tout en moi me force d'espérer,
Doux objet éternel du désir de mon être,
Cher tyran de mon cœur, qu'il ne sait qu'adorer!

*
* *

Ah! l'amour a droit à l'amour!
Tu m'appartiens, je te réclame.
Refuse ton corps, j'ai ton âme :
Tu me seras unie un jour!

Si ta fragile forme humaine
A tant fait tressaillir mon cœur,
Si l'approche de ton haleine
M'enivrait d'un si doux bonheur,

Si ta voix, ton regard, ta vie,
De désir embrasaient mon sang,
Quand dans un vertige ravie
Se livrait mon âme en passant,

C'est qu'un aimant que l'homme ignore
Aspirait mon être en tes yeux
Et qu'avant de sentir encore
Tout ton pouvoir mystérieux,

Ta beauté, soif insatiable
De ce cœur altéré de toi,
Brûlait de sa flamme adorable
Le plus immuable de moi.

O ma bien-aimée immortelle,
Tu peux m'ignorer, je t'attends...
Pour t'avoir au delà des temps,
L'heure de vivre que m'est-elle!

* * *

Si l'espoir se nourrit d'absence
Et l'amour de privation,
Pourquoi mon adoration
Rougit-elle de son silence ?

Mon cœur impatient ne goûtera-t-il plus
Ces ferveurs d'espoir solitaire
Où le désir se désaltère
A la fontaine des élus ?

Et troublerai-je, ô sainte fiancée,
Donnant carrière aux vains transports d'un jour,
Le calme ciel de ta pensée,
De l'orage de mon amour ?...

C'est que l'orgueil, roi de la vie,
Le sot orgueil, maître des passions,
Enfle moins d'espoir que d'envie
Nos plus pures ambitions.

De ta beauté seule, ô ma bien-aimée,
Mon cœur ne fait plus son séjour...
La chair, hélas! exhale sa fumée
Dans la flamme de mon amour.

---

*
* *

Il m'arrive parfois de douter de mon cœur,
Car le désir s'éprouve à trop de patience...
Pour la fidélité, souffrir est la Science;
Mais l'orgueilleux amour méprise la douleur.

Ne me l'avais-tu pas promis ce baiser tendre
Vers qui bien des jours tu m'as vu pleurer?...
Je ne me sens plus, lassé d'espérer,
Assez de désir pour y tendre
Ni de force pour l'endurer.

Hélas! songeant à mon effort suprême
Et combien je t'aimais pourtant,
Enfin, m'aimerais-tu toi-même?...
Alors je tremble et redeviens enfant
Et, déjà peut-être, je t'aime...

Qu'un éclair de ta grâce en moi fasse retour :
Un peu de jalousie, une ombre,
Le soupçon d'un instant me rendront fou d'amour...
Vois, dans mon cœur ancien tout mon doute qui sombre !

Oh ! misère de nous !... Mais pourquoi tant songer,
S'étudier et se reprendre ?
Analyse souvent n'est que dépit d'attendre...
J'ai trop souffert de toi pour pouvoir bien changer.

---

*
* *

De sa petite main frêle et pure
Ma douce amie entretient ma blessure,
En grand souci de la voir se fermer.
Un autre, un autre, ah! peut-être infidèle!
Qui ne voudra pas souffrir d'elle,
Un jour saura s'en faire aimer...

Si folle, si rieuse et si près de l'enfance,
Donner tant de douleur avec tant d'innocence!

Un soir pourtant, du mal silencieux
Dont le fin acier de ses yeux
Élargit en moi la morsure,
Mille amères chansons, un soir béni,
Ont pris leur vol vers l'Infini,
Et j'ai cru ma guérison sûre...

Mais la blessure ouverte est morne désormais,
Car ses enfants divins ne reviennent jamais.

⁂

QUAND nous ne serons plus qu'os et que cendre,
Que nous troubleront peu tes doux attraits,
Corps féminin, délicat, frais et tendre !

Puisque toi-même un jour sous les cyprès
Tu dois te perdre, ô précieuse argile,
Oublie en nous ton sort et ses regrets.

Et tandis que sans bruit la Parque agile
Dévidera l'écheveau de tes ans,
Songe, ô beauté, que ton heure est fragile,

Et comble nos désirs de tes présents.

*
* *

APRÈS tout, vaux-tu donc qu'ainsi je me désole
— Cœur de cire, âme au vent, capricieuse idole! —
De tant de haine et tant d'amour...
Bonne sans y songer, sans le savoir cruelle,
Plus folle que frivole, et charmante que belle,
Railleuse et tendre tour à tour...

Ah! face de clarté, miroir de ma folie,
N'est-ce pas, n'est-ce pas, décevante beauté,
Qu'il ferait bon mourir pour décorer ta vie
D'un souvenir d'orgueil et de fatalité!

Non! de mon sot espoir le douloureux poème
N'est qu'une ombre importune à ton ciel souriant.
Hélas! et de ce cœur amer et suppliant
Je voudrais te haïr aussi fort que je t'aime!

*
* *

Et l'amour m'a conduit près de ma pâle amie.
Elle était seule et je tremblai de sa pâleur,
Et l'amertume où s'endormait ma vie
Me réveilla soudain d'un surcroît de douleur.

Mes yeux n'avaient encor vu telle créature,
Pour la douceur, la grâce et la beauté,
Semblable au lys, en sa candeur fragile et pure,
Et à la rose, en sa sereine majesté.

J'osai courtoisement, devant cette lumière,
Mais sans parole et rougissant de mon désir,
D'un long regard entr'ouvrant ma paupière,
Incliner le salut d'un cœur prêt à mourir.

Alors l'enfant timide et fière et blanche et frêle,
A tant d'angoisse égayant son ennui,
Folle, se prit à rire... « Et voilà, riait-elle,
Tout ce que vous avez à me dire aujourd'hui?... »

NOCTURNE

PAR ce clair de lune où le blanc cortège
Des nuages lents flotte en l'air glacé,
Le ciel me semble un champ de neige
Que hante mon cœur trépassé.
« Erre, mon cœur, cherche tes tombes,
Compte tes croix d'amour dans ce champ de la mort.
Autant que brins d'herbe au nid des colombes,
Le vent de l'oubli, maître de ton sort,
Mieux que l'aquilon ces nuages,
Dispersera, sans épargner ta voix,
Tous ces éphémères mirages :
La neige, les tombes, les croix;
Et la lune pensive, astre mort de ton rêve,
Froid compagnon dont l'ère aussi s'achève,
Seule continuera, de l'abîme entr'ouvert,
A t'éclairer dans le désert... »

*
* *

Je n'habituerai pas ma vie
A se passer de ton amour;
Sur la mer de ma nostalgie
Tes yeux d'algue flottent toujours.

Le charme dont mon cœur se grise,
Tandis que son espoir décroît,
Exalte ma douleur, l'épuise...
Je t'aime pour souffrir de toi!

Parfois je me surprends moi-même,
Cherchant près d'une autre à m'humilier...
Mais j'ai beau mentir, vouloir oublier :
C'est encor toi seule que j'aime!

Ah! pour les tourments infinis
Qui font expier ta grâce à mon âme,
Je maudis l'amour, je maudis la femme!...
Mais je t'aime et je te bénis.

***

Nuit fraîche, ciel serein, lune claire, murmures,
Parc baigné de silence aux larges ombres pures,
Bosquets rêveurs et bois profond,
Prés lumineux frissonnants de rosée
Et rumeurs lointaines qu'y font
Le cri joyeux, la stridente fusée
Du train qui passe et qui s'enfuit
Au pays de la bien-aimée;
Fins brouillards des ruisseaux dormants, lente fumée
Qu'aspire des étangs la fraîcheur de la nuit...
Nature indifférente à la force épuisée,
Mais douce au pur esprit, grave à l'âme apaisée,
Puisque tu m'as troublé, puisque je t'aime encor,
Le cœur de mes vingt ans, mon cœur n'est donc pas mort!

*
* *

L'IRONIE attriste les femmes
Et comme un poison, lentement,
Glisse dans leurs crédules âmes
Le pâle désenchantement.

Le trouve-t-on, cet alliage
De raillerie et d'idéal :
L'humour futile mais loyal
Sous la tendresse ardente et sage ?...

La jeune fille hait l'esprit,
Et loin du rire délétère
Ne s'abandonne qu'au mystère
Où son rêve amoureux fleurit.

---

*
* *

Oui, je t'aimais, oui, je t'ai bien aimée,
Si doucement, si fort,
Que de la cendre à jamais embaumée
Où ma jeune amour, froide, inanimée,
Dans la paix éternelle dort,
Parfois, au seul nom de la bien-aimée,
Une flamme s'élève encor...

C'est ainsi qu'un jour, malheureux poète
Las d'épier toujours son cœur,
Je voulus, à cette lueur,
Connaître en toi la source infinie et secrète
Où si longtemps d'un philtre ensorceleur
S'abreuva ma vie inquiète...
Ah! je pensai mourir de honte et de douleur,
N'ayant vu que Néant où je cherchais ton cœur.

*
* *

Ce soir je t'ai sentie, enfant, cœur incertain,
Plus loin de moi que la muraille de la Chine,
Plus haute dans ton fier dédain
Que l'Himalaya sous sa blanche hermine,
Et plus froide, ô candeur féline!
Que le blond iceberg aux rayons du matin...

Mais pourquoi, dis, pourquoi, ma belle?...
Mieux que ton poète fidèle
Nul ne saura t'aimer jamais.
Et comment l'invoquer en mon âme immortelle,
Cet objet de mes vœux, cette image éternelle
Qui te ressemble désormais!
Sous quel nom l'implorer, cruelle?...
Car je t'aimais, car je t'aimais!

⁂

L'AFFREUX réveil au son des cloches dans la brume,
Tout mon ancien amour au cœur!
Mes yeux de pleurs noyés, mon âme d'amertume...
Et ce retour poignant du souvenir vainqueur!

Comment t'ai-je cru morte, ô mon amour si chère,
O mon bien douloureux, quand t'avais-je perdu?
Tu veillais donc sur ma misère
Pour qu'au premier appel mon cœur t'ait répondu.

Que faire, en ma raison? jouer l'insouciance?...
Mais tant d'amour survit dessous tant de rancœur...
Sentir qu'on redevient enfant pour la souffrance
Sans pouvoir rajeunir son cœur!

*
* *

DURANT les longues solitudes
Où flambe amer et sombre le désir,
— Si vainement, dans ses inquiétudes,
L'esprit à la raison voudrait se ressaisir! —
L'image de mon rêve occupera mon âme
D'un insatiable tourment.
Mais aujourd'hui qu'à mes vœux rien ne ment,
Que me voici près de la flamme,
Comment te reconnaître, hôtesse de mon cœur,
Ma mystique et fière Sermonde,
Dans cette folle tête blonde,
Enfant coquette, ange moqueur,
Qui fais s'épouvanter ma secrète pudeur
A troubler méchamment la clarté sans seconde
De ton visage de candeur,

Tel un foyer dont l'or vivant scintille,
Terni par sa fumée au vent qui l'éparpille...

Pour me troubler ainsi quel est donc ton pouvoir,
Meurtrier charmant du plus pur espoir,
Être doux et vain, jeune fille?

*
* *

MON âme au vent d'hiver frissonne;
Je t'aime, d'angoisse ébloui...
Et dans mon cœur épanoui
Ton image seule rayonne.

La terre de froid s'engourdit;
Je vais seul en la nuit sonore.
Ton souvenir me brûle encore
Quand tout en moi se refroidit.

La lune, pâle comme une âme
Morte à nos humaines amours,
Voudrait glacer les derniers jours
De mon agonisante flamme...

Mais si bientôt tout doit finir
De ce qui reste ma pensée,
O mon ingrate fiancée,
Dieu saura bien nous réunir.

———

SERMONDE

FRAGMENT

Non, non! je ne puis vous aimer... » lui dit l'enfant,
Qui se prit, frivole, à sourire
D'un sourire impie et méchant.
« Alors, adieu! » cria comme en délire
Le malheureux au cœur agonisant,
Mettant dans ses yeux gros de larmes refoulées,
Agrandis par le désespoir,
Tant de plaintes inconsolées...
Et son pas se perdit dans la rumeur du soir.

Une heure s'écoulait à peine,
Qu'un bruit confus s'éleva dans la cour;
Les gens arrivaient hors d'haleine,
Et cette clameur montait à l'entour :
« Un coup de feu! un cri! là-bas, dans les bruyères,
Nous l'avons trouvé tout sanglant... »
Et l'horreur croissait parmi le soir lent,
Aux gémissements sourds des chambrières.

Sermonde s'éveilla soudain
De son rêve indolent, et folle,
Échevelée et sans parole,
Traversa le triste jardin,
Courut au bois par un instinct guidée,
Puis, blême, vint s'abattre aux pieds de son ami.
De longs pleurs la face inondée,
Et le soulevant à demi
Entre ses bras, comme un enfant qu'on porte,
Elle s'agenouilla pour contempler ses traits,
Et prenant dans ses mains la pauvre tête morte :
« Hélas! Hélas! je t'adorais! »

RAVINES

Devant ce front plissé, lourd de vaines tristesses
A rêver d'un avril aux languissants retours,
Rides, je cherche en vous les suprêmes atours
Du vieux guerrier qui veut survivre à ses prouesses.

Blessures que l'amour en s'enfuyant nous laisse,
Que le temps cicatrise en les creusant toujours,
Comme vous témoignez de douloureux labours,
Rides, mornes sillons du champ de la Jeunesse!

Devant ce front plissé qui songe et se souvient,
L'austère écroulement des beaux jours me retient...
Mais, léger renouveau fleurissant les décombres

D'un palais solitaire au passé radieux,
— De l'Éros éternel, sur tant de pâles ombres,
J'ai cru voir se lever le fantôme aux doux yeux.

1886.

CŒRULEUM MARE

O mer, pour contempler tes lumineuses plages,
Tes horizons perdus dans l'infini du ciel,
Nous ne redoutons pas ces longs pèlerinages
Qui rapprochent nos cœurs de ton sein fraternel.

Nous nous souvenons bien, dans l'effroi des orages,
Que ta plaine d'azur couvre un tombeau cruel;
Mais l'esprit, confiant, retourne à tes rivages,
Refusant à la Mort ton sourire éternel.

Ainsi l'illusion trompe en nous la souffrance.
Dans l'océan du cœur, la fragile espérance
Au souffle de la vie est prête à s'abîmer.

Voici que le soleil, radieux, va paraître;
C'est le jeune Avenir d'où la foi veut renaître...
Quand on connut l'amour, peut-on ne plus aimer!

1884.

FESTA DELL'ARTE

DANS la grand'salle florentine
Où rêvent les émaux anciens,
Sous leur écarlate vitrine,
Parmi les feux vénitiens,

De clairs profils patriciens
Souriant de grâce divine,
Au concert des musiciens
Vont mêlant leur voix argentine.

C'est un songe de Cellini!...
Et tandis que l'art infini
S'ouvre à ma vision féerique,

Dans les arabesques d'or fin
D'un petit médaillon gothique
Je lis ces mots : « Joye sans fin ».

1885.

A ALPHONSE DAUDET

En relisant ton *Jack*, ô maître des tendresses,
Grand'pitié naît en moi pour ce déshérité
Dont la vie à jamais s'écoule sans caresses,
Quand il se sent mourir d'ineffable bonté.

Tu l'as donc bien connue, ô maître des tristesses,
La solitude amère et sa servilité,
Pour proclamer si haut, sur toutes les ivresses,
Le bonheur du foyer qu'on n'a jamais quitté!

Ton œuvre porte ainsi son salut avec elle.
Tu puises dans ton cœur l'éloquence éternelle,
Et le Juste, écoutant la voix de vérité,

Songe, moins inquiet pour la superbe humaine,
Que l'art n'est point stérile et l'analyse vaine
Où l'esprit a trouvé sa part de charité.

1886.

DEVANT
LE BOIS SACRÉ
CHER AUX ARTS ET AUX MUSES

O Maître élyséen, fier Puvis de Chavannes
Qui peuples l'Idéal de claires visions,
Sur quel mode évoquer en mes stances profanes
Le mystère sacré de tes Illusions?

Il appelle des chants légers et diaphanes,
Et la cithare d'or des incantations,
Alors que ton génie entr'ouvre les arcanes
De la Beauté vivante aux générations!...

Mais, l'esprit subjugué par les nobles symboles
Où ton art enferma les douces paraboles
Et le songe divin de notre humanité,

Je garde son silence à ma lyre d'argile,
O mystique enchanteur, ô frère de Virgile,
O Poète, promis à l'Immortalité!

1887.

L'HERBIER

A Philippe Gille.

Ainsi, ta main pieuse a su faire à son tour
L'Herbier des souvenirs qui témoignent de l'âme :
De la chanson frivole au tendre épithalame,
Tu fixes pour jamais tes ivresses d'un jour.

Quand la saison d'aimer doit s'enfuir sans retour,
Rien n'est doux ici-bas que l'amour d'une femme...
Oh! l'art mélancolique où ta muse proclame
La chère volupté de nos peines d'amour!

Mais pourquoi révéler sa tristesse profonde?...
C'est la perdre pour soi que la livrer au monde
Et l'on est trop puni d'en être soulagé!

Le parfum meurt des vers que redit la mémoire...
Et si l'amour chanté risque parfois la gloire,
L'amour silencieux est par Dieu protégé.

1887.

A MISTRAL

PARTANT POUR LA SAINTE-ESTELLE DE CANNES

... Me dulcis alebat Parthenope.
VIRG.

QUAND Virgile, lassé de Rome et de ses fêtes,
Choisit pour son repos Naples, perle des mers,
Tout un peuple enivré de ses pures conquêtes
Nomma « Parthénias » le chaste Roi des vers.

Ton œuvre aussi, Mistral, est pure et salutaire;
Une foi vierge au sol des aïeux la pétrit;
Ta voix qui vient du peuple et retourne à la terre
Sème la vérité dans le champ de l'esprit!

O civilisateur suprême de ta Race,
Va, tandis que l'espoir souffle toujours vivace,
Rallume la splendeur de ses siècles éteints,

Et nous versant à flots ta parole de vie,
Reçois l'hymne touchant des vœux de la patrie,
Nouveau Parthénias, roi des derniers Latins!

22 mars 1887.

LUEUR

ELLE se prit à sourire,
Oh! si douloureusement...
J'éprouvais, sans me le dire,
L'aimer presque en ce moment.

« Non! l'amour m'est impossible! »
Songeait son regard voilé.
La malheureuse insensible
Croyait l'amour envolé.

Mais ses yeux cherchant mon âme
Et la trouvant dans mes yeux,
S'éclairèrent d'une flamme
Qui me rendit soucieux.

C'était Psyché l'immortelle
Qui réveillait lentement,
Rien qu'à remuer son aile,
Ce cœur autrefois aimant

Et, toujours jeune et sinçère,
L'invitait au doux hasard
De l'oubli de sa misère
Dans l'amour de mon regard...

1886.

REVANCHES

ÉPIGRAMME

QUAND j'avais vingt ans, maîtresse adorée,
Comme je t'aimais, quand j'avais vingt ans!
Tu m'aimais aussi; mais, bien assurée
De garder ma foi vierge et timorée,
Au Souci tu vouas mon temps.

J'ai trente ans, ma chère, et je t'aime encore.
Mon cœur, moins timide et plus inconstant,
Fait souffrir parfois ton cœur qui l'implore...
Ta fidélité maintenant m'honore!
Tu ne m'aimas jamais autant.

PESSIMISME

Nul ne te connaît que toi-même
Et nul ne t'aimera que toi.
Ferme donc ton cœur quand il aime,
A tous les serments reste coi,
Et ne commets pas ce blasphème
De prêter à d'autres ta foi.

La beauté, qui doit tant de charmes
Au désir dont elle est le soin,
N'y prend de si puissantes armes
Que pour nous frapper de plus loin,
Accordant nos meilleures larmes
A l'orgueil, son plus sûr témoin.

La vertu qui porte espérance
Au cœur altéré d'Infini,
La vertu veut sa récompense,
Et le devoir, triste banni,
Ne garde son divin silence
Qu'à se sentir de Dieu béni.

L'honneur encore est un mirage
Dont l'envie éteint les rayons...
Et si l'Art t'épargne un naufrage,
Nef errante des passions!
Vers son port où survit l'orage,
C'est nous-mêmes que nous fuyons.

1893.

SÆVUS AMOR

⁂

Des mots, rien que des mots, de l'orgueil et du vide!
Penser qu'on a la femme et sentir qu'on n'a rien...
O désir! connaissance unique et mon seul bien,
Qu'à te chercher la paix le temps passe rapide!

La triste liberté du réveil de l'amour
Où s'attendrit le cœur aux peines délaissées,
Ne lui fit mesurer qu'en espoir d'un retour
Son sot contentement au deuil de ses pensées.

Il revient tout entier, volontaire martyr,
A la source d'ivresse où l'angoisse fidèle
Rôde, sous les buissons d'iris et d'asphodèle...
Puisse-t-il y noyer lentement son désir!

---

* * *

Après que j'ai baisé tes tremblants petits doigts
A travers la grille sonore,
Craintif, anxieux chaque fois
De te perdre, enfant que j'adore,
Les yeux pleins de larmes soudain,
Je reste pour te voir encore,
Épiant l'ombre du jardin,
Et pauvre âme dans son angoisse emprisonnée,
Scrutant l'impitoyable nuit...
Et, si tu ne sens pas mon douloureux ennui,
Si tu ne t'es pas retournée,
Exilé pour un soir de ton regard béni,
Je m'en vais malheureux comme un enfant puni...

*
* *

Ah ! vous n'êtes jamais tout entières fidèles !
Le baptême, pour vous, c'est le dernier amour,
Et chaque fois renaître aux amours éternelles
C'est être chaque fois l'enfant du premier jour...

*
* *

Pourquoi cet air plaintif et ce front timoré?...
Montre-moi tes yeux, rien qu'à moi, chère âme :
Je devine qu'ils ont pleuré...
Que les hommes sont durs pour l'amour d'une femme!
Et puisque à ton humilité
Ils refusent les tristes charmes
Que la douleur ajoute à la beauté,
Mon unique trésor, mon bien d'éternité,
Cache-leur, cache-leur tes larmes!
Hélas! pour ne pas croire à la sincérité,
Ce monde hypocrite est plus sot encore
Qui n'ose admettre, en ses dépits secrets,
Que les souffrances qu'on ignore,
Que les pleurs qu'on ne voit jamais.

*
* *

Si tu m'aimes, si tu m'aimes,
Pauvre cœur abandonné,
Alors que mes amis mêmes
T'auraient cent fois condamné,

Mes chants d'un honneur suprême
Feraient ton nom couronné
Et sauveraient le poème
De mon bonheur profané.

Car un peu d'amour sincère
Aux vains transports de la terre
Prête un accent solennel,

La seule voix qui réponde
Avec le rythme éternel
Aux sots préjugés du monde.

*
* *

MON amour pour toi souffre dans mon sang
Tout le mal que peut endurer la vie.
A ton charme frais, si bon, si puissant,
Tout mon cœur se fond d'angoisse ravie.

Le tourment d'aimer, maudit et joyeux,
Comme un doux poison embrase mes veines.
Hélas! qu'ai-je fui la paix de tes yeux,
Ton sourire pur sur mes nuits sereines!

Du discret silence où vit ton désir
Qu'ai-je fui l'énigme affolante et grave,
Quand de ton bonheur tremblant d'obéir
Tu servais mes vœux, — à me faire esclave...

O tendre tyran, cruelle beauté,
Garde-moi ton cœur maître de mon âme,
D'une âme où t'espère une éternité
De viril amour, faible cœur de femme!

---

* * *

La lune hypnotisait, des bois aux pâturages,
Les vastes horizons déserts qu'elle éclairait.
Un long frémissement mystérieux courait
Par les airs assoupis dans l'oubli des orages,
Et précipitait au ciel sans rivages
L'archipel flottant des nuages
Que l'astre vagabond en passant colorait.

Et seul, environné par la mer immuable
Du palpitant silence à l'onde impénétrable,
J'épiais d'un regard mourant qui s'obstinait
Dans la stupeur de la lumière,
Du regard où le cœur vaincu se reconnaît,
Un vieil arbre rêvant, figé dans sa prière
A l'Éternité qui planait.

11

Et la lune magique emprisonnait la vie,
Laissant ròder sa rêverie
Ainsi qu'un vol d'abeille autour des bois muets.
Et, tels de mon désir les fantômes suprêmes,
Lentement se traînaient de grandes ombres blêmes
A la lisière des forêts.

---

*
* *

Je me sentais mourir, ma belle,
D'angoisse, de folle terreur.
« Je t'aime! » écrit ta main fidèle,
Et soudain chantent dans mon cœur
Toutes les harpes du bonheur.

Tu m'aimes ? Quel est ce mystère
Dont s'enveloppait ta pudeur?
Pourquoi si longtemps me le taire?
En te livrant, avais-tu peur
De trop m'épargner la douleur?...

Mon amour est fait de constance,
Mon désir d'espoir tendre et fort.
Tu m'aimes! Mieux que ma souffrance,
Un bonheur plus sûr que la mort
Mêlera mon être à ton sort.

*
* *

Tu m'aimes! et tes yeux ne rencontrent mes yeux
Que craintivement, à la dérobée.
Tu m'aimes! et ta main que je baise, anxieux,
M'est si tôt des lèvres tombée.

Tu m'aimes! et ta voix suit d'un rire moqueur
Mon timide espoir, mes tendres poèmes.
Tu m'aimes! et tu peux railler ton propre cœur...
Pauvre cœur! est-ce que tu m'aimes?

∴

VIVRE sans aimer est-ce vivre?
Aimer sans souffrir est-ce aimer?
O ma beauté, mon cœur se livre
A ton mystère : ouvre le livre
Du sortilège qui m'enivre;
Ose, devrais-tu l'opprimer,
Sur mon amour le refermer.

*
* *

Je me disais si fort, pauvre moi, croyant l'être,
Tant que j'avais pu vivre éloigné de ses yeux,
Mais le destin qui fait sa grâce m'apparaître
Veut mon chemin d'amour à jamais anxieux.

Et comme il faut qu'en toute humilité se montre
A mon lâche repos un plus lâche souci,
O moitié de mon être, ô femme, te voici !
Mon âme sort de moi pour hâter ta rencontre !

Je m'étais juré l'oubli sans retour :
Tes yeux font mon cœur traître envers mon âme...
— Raisonner d'amour, c'est couvrir ta flamme,
Éternel foyer, désir de l'amour ! —

La source des pleurs si longtemps tarie
S'est rouverte en moi sous ton doigt léger.
Mieux que tant de coups à l'âme aguerrie,
Un jeu de ta grâce a su me changer.

Moi qui t'espérais la sainte berceuse
D'un timide amour que rien ne dément...
Ah! que t'ai-je fait, ma chère amoureuse,
Pour me chagriner si profondément!...

Avoir souffert d'aimer c'est posséder la vie...
On ne la concevait qu'à travers son désir;
Mais le cœur est mort, mort pour toute envie
Que n'empoisonne pas l'ombre du souvenir.

---

*
* *

Je ferai mon cœur soumis
Pour gagner ton âme fière,
Cette âme encor prisonnière
De longs siècles ennemis.

Je ferai rude mon âme
Afin d'oser opprimer
Ce cœur, tendre cœur de femme,
Qui veut souffrir pour aimer.

———

*
* *

Il est trop naturel qu'on doute de soi-même
Quand pour bien savoir si l'on aime
On a besoin de n'être plus aimé;
Quand l'Art pervers qu'on prie et qu'on blasphème
Met dans l'orgueil et le mépris qu'il sème
Sa consolation suprême
Et son laurier accoutumé.

*
* *

LA nuit rallumait nos langueurs éteintes,
Les violons chantaient éperdument,
Et dans tes yeux j'ai cru lire ces plaintes
A ton douloureux et fidèle amant :

« Ne m'appelle plus ton lys ou ta rose :
Fleur d'amour bientôt quitte son parfum ;
Plus fragile que toute chose,
Sa beauté se fane aux doigts de chacun.

« Ne m'appelle plus ta blanche colombe ;
Le plomb du chasseur sait-il épargner ?
Ta gloire non plus, car c'est dans la tombe
Que tout notre orgueil commence à régner.

« Ne me donne point ces noms de fumée ;
D'un plus humble rêve éprouvons le cours !
Je ne suis que ta bien-aimée,
Mais tu m'aimeras, n'est-ce pas, toujours ! »

*
* *

PAUVRE cœur, mon cœur, tâche aussi de feindre...
Mais ta probité,
Sans renoncement, pourra-t-elle enfreindre
Ta sincérité?

Oseras-tu donc, sans peur d'un blasphème
Envers ton amour,
Pour bien l'éprouver, rendre au cœur qui t'aime
Ce tourment d'un jour?...

Faible, il sait mentir; toi, c'est un vain songe :
Ta force a faibli...
Sa tendresse a plus que de ton mensonge
Peur de ton oubli!

*
* *

Le poison mortel est dans la présence.
Si tu veux guérir,
Que l'éloignement berce ta souffrance
Sans la secourir.

Quand tu sauras tout ce qu'une infidèle
Laisse de rancœur,
Tu pardonneras, — sitôt que près d'elle
Renaîtra ton cœur.

*
* *

Je veux te dédier ce clair de lune, amie.

Par de semblables soirs, quand je ne serai plus,
S'il te plaît d'éveiller la mémoire endormie
D'un cœur qui fut mon cœur et que tu méconnus,
Ah! songe que ma voix, dans la nuit infinie,
De l'ombre pacifique a troublé l'harmonie
Pour enseigner ton nom à tant d'échos perdus.

Comme elle était heureuse et malheureuse ensemble
Ma solitaire amour dans cette nuit d'été!
Chaque fois que la brise au feuillage qui tremble
Apportait son baiser d'arome et de clarté,
L'âme de cette amour, épuisée et vibrante,
Vidait au sein de la Nature indifférente
Un calice de mort, de vie et de beauté!

— Et c'était toi... c'est toi par qui le ciel nocturne
Se peuple, à mon désir, de fantômes heureux,
Ce soir, où le silence épanche de son urne
Un si puissant repos à mon rêve amoureux.
C'est toi, ma bien-aimée! Et la brise opportune
Embaume de ton nom ce divin clair de lune
Dont s'irradie aussi tout mon cœur ténébreux.

---

*
* *

RIEN n'épuise que d'affecter.
Laisse voir ton âme sincère;
Vis, pour te laisser respecter :
Visage feint n'a pas de frère.

A te sentir las de lutter
Et céder même au vent contraire,
Tout cœur humain, sans te scruter,
Lit en toi sa propre misère.

---

*
* *

MON cœur veut s'humilier
Puisque tu crois qu'il t'oublie.
Las! il a pu t'oublier...
Elle a tant de flots, la vie!

Mais vois mes yeux gros de pleurs,
Entends ma lèvre fermée,
Sens-le comme il bat, mon cœur,
Chère, chère bien-aimée!

Ah! si la jalousie, un jour,
S'est en toi glissée, impure couleuvre,
Mon désir pénitent t'aura porté secours...
Ne cherche désormais qu'en moi paix et recours!
Je veux le faire, ce chef-d'œuvre,
Ta vie heureuse, mon amour!

Mais il fallait sonder le douloureux problème
Pour empêcher l'espoir de s'envoler...
Aimer! est-ce donc demeurer le même,
Quand être aimé c'est se renouveler...

---

*
* *

Les yeux gonflés d'amour, dans le soir taciturne,
J'ai promené mes pas pour lasser ma douleur.
Et mon cœur en mes yeux s'épanchait comme une urne
D'où déborde en silence une lourde liqueur;
Mais l'urne était sonore, en vertige du vide...
Ma douleur s'épiait sous le grand ciel limpide,
Et j'entendais mes pas retentir dans mon cœur.

— Toi qui ne peux souffrir sans plainte, âme égoïste,
Le mériterais-tu, ce semblant de bonheur?...
L'orgueil de se chanter, d'où ton mal est moins triste,
Vaut bien à son tourment la pitié d'une sœur...
Raisonne-toi, pauvre âme, et songe à ta folie!
Ce calice d'amour dont tu connus la lie,
T'en espérais-tu donc réserver la douceur?...

La grave nuit faisait plus ardente ma peine,
Son mystère attisant l'effroi du lendemain.
Ce rayon de ta lampe, ô vérité soudaine,
Fut l'éclair d'un poignard pénétrant dans mon sein!...
Mais, prévenant ses cris, l'éternelle Nature
Assoupissait déjà la faible créature
Dans l'ironique espoir de son néant divin.

*
* *

CLOCHES d'automne, ô cloches douloureuses,
Dans l'adieu du soleil, lointaines, vaporeuses,
Tel un regret qui murmure à l'entour,
Du cœur abandonné par un dernier amour;
Cloches d'automne, âmes en peine,
Dont sanglote au vent l'humble plainte humaine;
Noires abeilles de la mort,
Qui bourdonnez comme un remord
Sur le jardin flétri de ma folie,
O mes sœurs de mélancolie,
Aidez-moi, pour un jour encor,
A remuer les cendres de ma vie.

Novembre 1895.

TABLE

TABLE

SERVUS AMOR

PIUS AMOR

SÆVUS AMOR

Achevé d'imprimer

le vingt-trois juin mil huit cent quatre-vingt-seize

PAR

ALPHONSE LEMERRE

25, RUE DES GRANDS-AUGUSTINS, 25

A PARIS

I. — 2688.

POÈTES CONTEMPORAINS

Volumes in-18 jésus. — Chaque volume : 3 fr.

François Coppée	*Premières Poésies*	1 vol.
—	*Poèmes modernes*	1 vol.
—	*Les Humbles*	1 vol.
—	*Le Cahier rouge*	1 vol.
—	*Les Récits et les Élégies*	1 vol.
—	*Contes en vers et poésies diverses*	1 vol.
—	*Les Paroles sincères*	1 vol.
Amélie Dewailly	*Nos Enfants*	1 vol.
Léon Dierx	*Les Amants*	1 vol.
Auguste Dorchain	*La Jeunesse pensive*	1 vol.
—	*Vers la Lumière*	1 vol.
François Fabié	*La Bonne Terre*	1 vol.
—	*Voix Rustiques*	1 vol.
Maurice de Féraudy	*Heures émues*	1 vol.
A. Foulon de Vaulx	*Deux Pastels*	1 vol.
Philippe Gille	*L'Herbier*	1 vol.
Léonce de Joncières	*L'Ame du Sphinx*	1 vol.
Jean Lahor	*Les Quatrains d'Al-Ghazali*	1 vol.
Eugène le Mouel	*Fleur de Blé Noir*	1 vol.
André Lemoyne	*Fleurs du Soir*	1 vol.
Jeanne Loiseau	*Fleurs d'Avril*	1 vol.
—	*Rêves et Visions*	1 vol.
Paul Mariéton	*Souvenance*	1 vol.
—	*La Viole d'Amour*	1 vol.
—	*Hellas*	1 vol.
—	*Le Livre de Mélancolie*	1 vol.
Albert Mérat	*Au fil de l'eau*	1 vol.
—	*Poèmes de Paris*	1 vol.
Georges Rodenbach	*La Jeunesse blanche*	1 vol.
Lucien Paté	*Le Sol sacré*	1 vol.
Armand Silvestre	*Les Renaissances*	1 vol.
Sully Prudhomme	*Les Épreuves*	1 vol.
—	*Les Solitudes*	1 vol.
—	*Le Premier Livre de Lucrèce*	1 vol.
—	*La Justice*	1 vol.
—	*Le Prisme*	1 vol.
André Theuriet	*Jardin d'Automne*	1 vol.
Antony Valabrègue	*La Chanson de l'Hiver*	1 vol.
Marie de Valandré	*Le Livre de l'Épousée*	1 vol.
Gabriel Vicaire	*Le Miracle de Saint Nicolas*	1 vol.
—	*L'Heure enchantée*	1 vol.
—	*A la bonne franquette*	1 vol.
—	*Au Bois Joli*	1 vol.

Paris. — Imp. A. Lemerre, 25, rue des Grands-Augustins. 4.-2628

www.ingramcontent.com/pod-product-compliance
Ingram Content Group UK Ltd.
Pitfield, Milton Keynes, MK11 3LW, UK
UKHW020337230726
13925UKWH00003B/841

9 782013 567145